Xiron Poetry Club
磨 铁 读 诗 会

中国桂冠诗丛

Snow, Crow
Yi Sha

白雪乌鸦

伊沙 著

四川文艺出版社

目录

| 饿死诗人 |

003　　地拉那雪
005　　去年冬天在拉萨
007　　车过黄河
008　　9号
009　　善良的愿望抑或倒放胶片的感觉
011　　奇迹
012　　饿死诗人
014　　最后的长安人
015　　假肢工厂
016　　结结巴巴
018　　实录：非洲食葬仪式上的挽歌部分
020　　老狐狸
021　　名片
022　　反动十四行
023　　法拉奇如是说
024　　感恩的酒鬼
025　　一年记住一张脸

027　在发廊里
028　陕西韩城司马祠
029　生活的常识
031　张常氏，你的保姆
033　细节的力量
034　世界初始
035　童年的渴意
036　灵魂的样子
037　珍珠泉纪事

| 忘年的情人 |

041　地球的额际
043　生活者
044　鸽子
045　原则
046　1993年8月16日
048　美术馆中盗画贼
050　对生活的爱需要被唤醒
052　诞生的秘密
054　有一年我在杨家村夜市的烤肉摊上看见一个闲人在批评教育他的女人
056　贝尔戈米大叔

058 我去不了的某地
059 忘年的情人
060 口罩
061 母亲的少女时代
062 又逢夜半观球时
063 海明威传
064 西施兰颂
065 阳光下的醉鬼
066 途中
067 1972年的元宵节
069 盆景
070 海南岛
071 肾斗士
073 带儿子去行割礼
074 草坪
075 冬至

| 白雪乌鸦 |

079 智慧
080 菩萨：觉悟的众生
085 红叶
086 送寒衣的妇人

088	鬣狗的胃液
090	春
091	故地重游
093	小舅子
095	老丈人
096	白雪乌鸦
097	一个杀人犯在我脑瓜里待了三天
099	异国小镇
101	母语
102	越南风景
103	吉隆坡云顶赌城联想
104	事实的诗意
105	蜻蜓
106	孤独的炸弹
108	黎明
109	宣告
110	千年雨
111	归宿
112	孤岛
113	远眺
114	酷授课
115	孤象
116	北极

| 长诗 |

119　唐（选章）
177　诗之堡
194　无题（选章）

| 跋 |

229　馈赠 | 伊沙
232　盘峰一代 | 沈浩波

| 饿死诗人 |

地拉那雪

地拉那洁白一片
地拉那冬夜没有街灯
地拉那女播音员用北京话报时
地拉那青年爱打篮球
可是你知道吗
地拉那下雪了

那时你走在桥上
皮夹克捆着你宽宽的身量
那时你告诉一个女人
要去远方架线　马上出发
地拉那的女人也描眉
嚼口香糖含混不清地说话

地拉那的女人不会脱衣服
在房间里她端给你黑面包
你在看窗上的冰凌花
外面的球赛赛得很响
直到最后拉开了房门离去

屋里还充满她不温柔的呼吸

在地拉那的深雪里
你走完我看电影的那个晚上
那些七零八落的脚印呵
地拉那的街灯亮了
在最后一根电杆上你一动不动
黑熊般的人群和火把由小变大

没准儿你还活着
外国电影都没有尾巴
宿舍停电的夜晚
我给你打电话　遇上忙音
拿起当日的晚报
北京——地拉那电线断了

地拉那那场鹅毛雪还下吗还下吗

1988

去年冬天在拉萨

在八角街的一角碰见马原
就是那个留胡子的汉人那个弹子王
那是暴风雪来临前一小时
空气中有水的味道

马原将一个弹子打入洞中
我来他没有抬头
垂下蛙王般的大眼睛
手中的弹子散发着热烘烘的羊膻味
他清点它们
如同僧侣在抚弄念珠

轮到我了
我也玩得很好
马原的嘴笑成可怖的山洞
掏出羊膻味的人民币
请我吃奶茶
说起外面的事
情绪不是很高

那双蓝色的蛙眼

透着忧郁

眼角有奶酪般的眼屎

后来就下雪了

我们坐着

看人们在暴风雪中奔跑

然后消失

后来呢？

后来就不下了

马原说：就这样

1988

车过黄河

列车正经过黄河
我正在厕所小便
我深知这不该
我应该坐在窗前
或站在车门旁边
左手叉腰
右手做眉檐
眺望　像个伟人
至少像个诗人
想点河上的事情
或历史的陈账
那时人们都在眺望
我在厕所里
时间很长
现在这时间属于我
我等了一天一夜
只一泡尿工夫
黄河已经流远

1988

9号

9号门上锈着一把黑锁
9号窗前飘着一件常年不收的胸衣
9号院内春天就有槐花的香气
9号在夜里传出一缕歌声
9号的狗在门洞中钻出钻进
9号的信在信箱里沉沉大睡
9号的草坪漫到柏油路上
9号的太阳起得晚睡得早
9号在风尘中褪去颜色
这个黄昏
9号响起敲门声
门下　站着一双雨鞋

1989

善良的愿望抑或倒放胶片的感觉

炮弹射进炮筒

字迹缩回笔尖

雪花飞离地面

白昼奔向太阳

河流流向源头

火车躲进隧洞

废墟站立成为大厦

机器分化成为零件

孩子爬进了娘胎

街上的行人少掉

落叶跳上枝头

自杀的少女跃上三楼

失踪者从寻人启事上跳下

伸向他人之手缩回口袋

新娘逃离洞房

成为初恋的少女

少年愈加天真

叼起比香烟粗壮的奶瓶

她也会回来

倒退着走路

回到我的小屋

我会逃离那冰冷

而陌生的车站

回到课堂上

红领巾回到脖子上

起立　上课

天天向上　好好学习

1989

奇迹

镍币上的麦穗
在我口袋里
熟了

那天我穿过大街
嘴里嘀咕了一句
什么
我也没听清

人们只嗅到
满街的麦香
谁也没注意
我
这个奇迹

1989

饿死诗人

那样轻松的你们

开始复述农业

耕作的事宜以及

春来秋去

挥汗如雨收获麦子

你们以为麦粒就是你们

为女人迸溅的泪滴吗

麦芒就像你们贴在腮帮上的

猪鬃般柔软吗

你们拥挤在流浪之路上的那一年

北方的麦子自个儿长大了

它们挥舞着一弯弯

阳光之镰

割断麦秆自己的脖子

割断与土地最后的联系

成全了你们

诗人们已经吃饱了

一望无际的麦田

在他们腹中香气弥漫

城市最伟大的懒汉
做了诗歌中光荣的农夫
麦子以阳光和雨水的名义
我呼吁：饿死他们
狗日的诗人
首先饿死我
一个用墨水污染土地的帮凶
一个艺术世界的杂种

1990

最后的长安人

牙医无法修补
我满嘴的虫牙
因为城堞
无法修补

我袒露胸脯
摸自己的肋骨
城砖历历可数

季节的风
也吹不走我眼中
灰白的秋天
几千年

外省外国的游客
指着我的头说：
瞧这个秦俑
还他妈有口活气！

1990

假肢工厂

儿时的朋友陈向东
如今在假肢厂干活
意外接到他的电话
约我前去相见
在厂门口　看见他
一如从前的笑脸
但放大了几倍
走路似乎有点异样
我伸出手去
撩他的裤管
他笑了：是真的
一起向前走
才想起握手
他在我手上捏了捏
完好如初
一切完好如初
我们哈哈大乐

1990

结结巴巴

结结巴巴我的嘴
二二二等残废
咬不住我狂狂狂奔的思维
还有我的腿

你们四处流流流淌的口水
散着霉味
我我我的肺
多么劳累

我要突突突围
你们莫莫莫名其妙
的节奏
亟待突围

我我我的
我的机枪点点点射般
的语言
充满快慰

结结巴巴我的命
我的命里没没没有鬼
你们瞧瞧瞧我
一脸无所谓

1991

实录:非洲食葬仪式上的挽歌部分

哩哩哩哩哩哩哩
以吾腹作汝棺兮
哩哩哩哩哩哩哩
在吾体汝再生

哩哩哩哩哩哩哩
以汝肉作吾餐兮
哩哩哩哩哩哩哩
佑吾部之长存

哩哩哩哩哩哩哩
汝死之大悲恸兮
哩哩哩哩哩哩哩
吾泪流之涟涟

哩哩哩哩哩哩哩
汝肉味之甘美兮
哩哩哩哩哩哩哩

吾食之则快哉

哩哩哩哩哩哩哩

1991

老狐狸

(说明:欲读本诗的朋友请备好显影液在以上空白之处涂抹一至两遍,《老狐狸》即可原形毕露。)

1991

名片

你是某某人的女婿
我是我自个儿的爹

1991

反动十四行

在这晌午阳光底下的大白天
我忽然有一肚子的酸水要往外倒
比泻肚还急来势汹汹慌不择手
敲开神圣的诗歌之门十四行

是一个便盆精致大小合适
正可以哭诉鼻涕比眼泪多得多
少女鲜花死亡面目全非的神灵
我是否一定要倾心此类

一个糙老爷们儿的浪漫情怀
造就偶尔的篇章俗不可读君子不齿
或不同凡响它就是表现如何地糙

进入尾声像一个真正的内行我也知道
要运足气力丹田之气吃下两个馒头
上了一回厕所不得了过了过了
我一口气把十四行诗写到了第十五行

1992

法拉奇如是说

人类尊严最美妙的时刻
仍然是我所见到的最简单的情景
它不是一座雕像
也不是一面旗帜
是我们高高撅起的臀部
制造的声音
意思是:"不!"

1992

感恩的酒鬼

一个酒鬼
在呕吐　在城市
傍晚的霞光中呕吐
在护城河的一座桥上
大吐不止　那模样
像是在放声歌唱
他吐出了他吃下的
还吐出了他的胆汁
我在下班回家的路上
驻足　目击了这一幕
忽然非常感动
我想每一个人都有其独特的
对生活的感恩方式

1996

一年记住一张脸

那人用獐头鼠目
来形容最为恰当
也最为简便
可这多少显得有点
不负责任
说了等于白说
因为你仍不晓得
他究竟长得如何
无论如何
过去的一年
在所有陌生人中
我只记住了这张脸
带着菜色　一张普通的
殡葬厂炉前工的脸
那一天　我推着
母亲的遗体向前
他挡住我的去路说
"给我，没你事儿了"
我把事先备好的一盒

三五塞给他
他毫无反应地收下
掉头推车而去
那个送走母亲的人

1998

在发廊里

他把手
伸向洗头妹身后
那手熟练地摸向
洗头妹的屁股
我全看见了
邻座的我
可以接受
这人性的小动作
但我无法容忍
他在镜中
那副做鬼的表情

1998

陕西韩城司马祠

春天我在司马祠
上了一回厕所
紧急出恭的形式
却与大小方便无关
那是出于一种
心理的需要啊
我面壁而立
解了裤子
仔细端详
我那老二
自摸一把
完美无缺
冷汗从背后冒了出来

1998

生活的常识

在夏季
热浪滔天的路上

一个少女
单腿跳着手捂耳朵

这个动作有点奇怪
在她身上是一种美

奇怪和所谓美
人们得到了

他们所要的感受
但并不关心

这一动作的
产生与由来

而我知道
我掌握那样的常识

在我童年
从游泳池回家的路上

同样一个动作
帮我清出了存留在

耳朵眼里的残水
热热地流出来

我又听到周围的世界了
就像眼前这位少女

此刻她的心情
一定非常不错

单腿跳着手捂耳朵
在夏季热浪滔天的路上

如此生活的常识
让我进入了本质的诗

1998

张常氏,你的保姆

我在一所外语学院任教
这你是知道的
我在我工作的地方
从不向教授们低头
这你也是知道的
我曾向一位老保姆致敬
闻名全校的张常氏
在我眼里
是一名真正的教授
系陕西省蓝田县下归乡农民
我一位同事的母亲
她的成就是
把一名美国专家的孩子
带了四年
并命名为狗蛋
那个金发碧眼
一把鼻涕的崽子
随其母离开中国时
满口地道秦腔

满脸中国农民式的
朴实与狡黠
真是可爱极了

1998

细节的力量

她记住了那个吻

不是因为
此番唇舌间的运动
有什么特殊感觉
只是作为另一个
当事者的他
在完事之后
用手背
抹了抹嘴唇

像是餐后

1998

世界初始

不看地图
徒手（用粉笔）
在黑板上勾勒出
五大洲
是地理老师的本事

当她背过身去
在黑板上指点江山之时
她臀部那被黑色绸裤
紧裹的东西半球啊
让我懂得了世界——

美好的世界
比那些粉笔的点线
要性感许多

1998

童年的渴意

露天的水龙头
我探着身子
伸长脖子歪着头
去解决一点
童年的渴意
水哗啦啦淌下来
那一瞬间
我喝到了水
舒服了嘴
那一瞬间
我看到风景
看到人
看到
眼前的世界
不是倒的
当然
也不是正的
而是横的

1999

灵魂的样子

你是否见过我灵魂的样子
和我长得并不完全一样
你见过它　有点像猪
更像个四不像
你是否触摸过它
感受过它的肌体
我的灵魂是长了汗毛的
毛孔粗大　并不光滑
你继续摸下去
惊叫着发现它还长着
一具粗壮的生殖器

1999

珍珠泉纪事

珍珠泉是一个公共澡堂的名字
我小时候常去那里洗澡
印象中它的样子
是日本电影《望乡》中
妓院的样子
想起它
我还能想起一些旧事
印象最深的一件是
两个男人光着身子
在休息间里打架
那个场面
令当时只有十二岁
毛未长全的我
也感到难堪
该扭曲的扭曲了
该晃荡的晃荡着
动作多多
却收不到效果
场面实在难看

我目睹此景

曾暗自发誓

就算受了天大的侮辱

我也不能在澡堂里

和人打架

一定要打

那就穿好衣服再打

1999

| 忘年的情人 |

地球的额际

一堆胖女人笨拙而性感的舞蹈
一个孩子在祈祷　这里是环礁岛
而在千年岛　一只船载着火把
正驶离岸　在土著们的咒骂声中
一个黑人吹响了千年海螺
在巴勒尼群岛的海滩
天空中有阴云密布　景色苍茫
一只海鸟在飞
第一缕曙光照耀着基里巴斯
但阳光没有　被云层阻隔
新千年的第一缕阳光西移
照在新西兰查塔姆群岛的
奥喀罗湾　一个白发老头
领着孩子　高声赞颂
毛利人正用欲飞之姿
装扮成鸟
呼唤太阳升起
而太阳正在升起

新千年太阳的初吻
轻落在地球的额际

2000

生活者

我现在终于拥有了
我过去想要的生活
朋友从不贪多
情人可有可无
敌人遍布天下

2000

鸽子

在我平视的远景里
一只白色的鸽子
穿过冲天大火
继续在飞
飞成一只黑鸟
也许只是它的影子
它的灵魂
在飞　也许灰烬
也会保持鸽子的形状
依旧高飞

2000

原则

我身上携带着精神、信仰、灵魂
思想、欲望、怪癖、邪念、狐臭
它们寄生于我身体的家
我必须平等对待我的每一位客人

2000

1993年8月16日

父亲将我赶出家门的那天
我的诗在《诗刊》上发表了
我是在骑车途经小寨邮局的
报刊亭时偶然发现了这一奇迹
他们在事前并没有通知我
我不是第一次在《诗刊》发诗
但这是比较难发的两首
一首是《饿死诗人》
一首是《梅花:一首失败的抒情诗》
后来我坐在外语学院后门外
一家简陋的面馆里
手捧当期《诗刊》
有一种登堂入室的感觉
有一种忽然在衙门里
觅到一份差事的感觉
有一种将自己豢养的两条恶犬
放到一群绵羊中去的感觉
我知道这哥俩儿
将战功赫赫地归来

我手里的蒜已剥好
我要的面已上来
狼吞虎咽
被赶出家门算得了什么
等这碗面一下肚
老子就出名了

2000

美术馆中盗画贼

"真正的艺术
就是要激怒中产阶级"

这是一位盗画贼说的
说完他就拔出枪来

向他认为不好的画开枪
留下他认为好的几张

然后命令观众们站成一排
把身上的钱和首饰都交出来

"真正的艺术
就是要激怒中产阶级"

他又说了一遍
像是在对他们讲演

然后便裹了钱裹了画
在警铃声中逃之夭夭了

2000

对生活的爱需要被唤醒

那是旧历新年的前夕
在超市里
我用推车推着儿子
和采买的各种物品
向前进
儿子嚼着巧克力
快要睡着了
躺在车里
跟个小佛爷似的
所有人都笑眯眯地
朝他看
有那么一个老者
干脆不走了
蹲在推车前看他
然后问我
"买一个儿子
要多少钱?"
他的语气
他的神情

在一瞬间
将春节的气氛
带给了我
我在这一刻决定
要好好过一个年

2001

诞生的秘密

小时候我问父亲
"爸爸
我是怎么来的"
父亲回答说
"我吐了一口痰"
我记住了他的话
记住了这个有关
诞生的秘密

后来是儿子问我
"爸爸
我是怎么来的"
我也回答说
"我吐了一口痰"
我想起父亲的话
想起当年的他
不曾糊弄我

可是我的儿子

没有当年的我
那么朴实
听完我的解释
他立刻跳了起来
大着嗓门嚷嚷
"我们老师说了
不许随地吐痰!"

2001

有一年我在杨家村夜市的烤肉摊上
看见一个闲人在批评教育他的女人

你是不是看上那个小白脸了啪一耳光
你要是看上他了你就跟我说啪一耳光
你要是看上他了你就跟他走啪一耳光
哭啥呢哭啥呢我好好跟你说话呢啪一耳光
他要是敢欺负你你就来跟我说啪一耳光

是不是占了咱便宜现在又不要咱了啪一耳光
那你去　把他叫来我只要他一块肉烤了下酒啪一耳光
啥你说啥对不起我你没啥对不起我啪一耳光
你跟个穷学生要是没钱了回我这儿拿啪一耳光
你跟他走过不惯再回来咱们接着过啪一耳光
不是不是那你哭啥呢跟他好好过日子去呗啪一耳光
反正你走到哪儿都是我的人儿啪一耳光
哭啥呢哭啥呢你是我的人儿我才打你啪一耳光
滚吧滚吧今儿晚上你就跟他睡去吧啪一耳光
他那老二咋样你明儿一早来跟我汇报一下我还就是不信
　　这帮小白脸了啪一耳光
啥不让我找别的女人你管得着吗你以为你是个什么东西

今儿晚上我就找仨啪一耳光
嗨吃烤肉的胖子你看啥呢我教育我女人你看啥呢
啪一耳光

2001

贝尔戈米大叔

1982年
他十八岁
在西班牙
和队友一起捧起了
金光灿灿的世界杯
可作为一名年轻的替补
他未能出场一分钟
(那年我十六岁
生活就是考试、考试、考试
我对这样的运气羡慕不已)

1990年
他二十六岁
在其祖国意大利
他带头反对主教练
要求球员在比赛期间
禁欲的动议
他说：你给我房事，我还你胜利
(那年我二十四岁

生活就是做爱、做爱、做爱
我对这样的反对满怀共鸣)

1998年
他三十四岁
在美国
最后一次冲击世界杯
用出色的表现证明
世界上最矮最老的盯人中卫
仍旧是最好的之一
他把所有年轻的锋将
都盯得喘不过气来
(那年我三十二岁
生活就是出名、出名、出名
我对这样的表现五体投地)

2001

我去不了的某地

那里的春天
和我们这儿
不大一样
天地倒挂
风水倒转
一只风筝
在放一个人

2002

忘年的情人

儿子抱着
母亲的墓碑
活到二十一岁的儿子
抱着十八岁死去的母亲的墓碑
抱着因生他而死的母亲
感觉像抱着自己的情人
我这么做时已经三十六岁
抱着六十岁死去的母亲的墓碑
如此忘年的情人
男人们都会拥有

2003

口罩

平常日子
我看见口罩
总想知道
它罩住的一张脸
是美的?
是丑的?
这些日子
当瘟疫蔓延大地
我看见口罩
只想知道
它罩住的一张脸
是哭的?
是笑的?

2003

母亲的少女时代

花丛中的欢声笑语
几名女生
跑过我面前的小径
其中最娇小
也最快乐的那一个
让我忽然看到了
母亲早年的美丽
她的少女时代
沐浴着上海的风
1948年春天的阳光
一览无余地照在
圣约翰中学的校园里
日后成为母亲的少女
总会先被她没有生出
的儿子爱上
就是这样

2003

又逢夜半观球时

有人跑着跑着就死了!

让我在默哀中祈祷
让我在祈祷中确信

将来的某一天
未来的某一届

有人死了死了还跑着!

2003

海明威传

他把莎翁和托翁
叫作"冠军"
一个美国大男孩
表示崇拜的叫法
之后依次排下
将一些伟大的同行
在第十三还是第十四的位置上
他小心翼翼地写上了自己的全名
欧内斯特·密勒·海明威

真像是我干的
所以我喜欢他

2003

西施兰颂

我要高声赞颂
此种夏露
此种汗臭灵
此种滴液
我是它二十年
以上的使用者
它使我天生的狐臭
得以控制
不得远播
很好地起到了欺骗
一般群众的效果
让他们以为
我和他们一样
都是香喷喷
至少无味的

2004

阳光下的醉鬼

长安的秋日
这午后的阳光
多么难得
坐在我所任教的学院
教学楼前的台阶上
我像个贪杯的酒鬼
被阳光晒醉
半小时的阳光
相当于三两酒的能量
在醉眼蒙眬中
我看见阳光
仿佛液态的酒
在一个被 X 光透视出的
惨白人体
那四通八达的血管中
高速奔流

2004

途中

车子沿额尔古纳河蜿蜒前行
河之对岸就是俄罗斯

车子沿额尔古纳河蜿蜒前行
你感觉那著名的俄罗斯大地

像一群忠诚的大狗跟着你

2004

1972 年的元宵节

一个孩子
一个和我一样大的孩子
提着一只红灯笼
在黑夜之中跑过

我第二眼
又看见他时
只见他提着的是
一个燃烧的火团

那是灯笼在燃烧
他绝望地叫唤着
仍旧在跑

在当晚的梦中
我第三次看见了他——

变成了一个火孩子
在茫茫无际的黑夜中

手里提着一轮
清冷的明月
在跑

2005

盆景

我素来憎恶盆景

此为人类
对植物施加的
裹脚术
炮制出
植物的侏儒
那是
一盆一盆的
血

今天稍有不同
我是在读某些
活死人的诗时
想到了这可恶的盆景

2005

海南岛

那一枚椰子
漂浮在海上

天空的情人
俯首的白云

啜饮着
他的心

2007

肾斗士

1

那个两度换肾
又进了两个球的
克罗地亚球员
在中国的媒体上
被唤作"肾斗士"

哦!伟大的汉语
一次性地展示了
它非凡的消化力和创造力
不单单存在于古代的典籍

2

肾斗士
带着父亲的肾脏
满场飞奔

身上奔涌着
父辈的血液

我不了解克罗地亚——
这个独立未久的前南国家
但又像是了解了——
它有一个肾形的灵魂

2008

带儿子去行割礼

香蕉该剥皮了
牛牛该露头了
儿子该成人了
身为一名父亲
我所能做的是
把他带到此刻
如教堂般圣洁的医院
去行一次庄严的割礼
请求自己的好友——
一名主治医生屈尊下驾
再干一把实习生的活儿
割出一个符合国际标准
具有全球化意味
能够出席奥运会
并加入 WTO 的漂亮阳具
（就像前阵子
艳照上所见的那具）
用片刻的痛苦
换取一生的幸福

2008

草坪

这块绿色的草坪
有生命也有死亡

倒不是
停在上面的除草机
提醒着我们
草儿在疯长

是玉色蝴蝶
在翩翩起舞
一只将另一只
追逐

宛如一面绿色旗帜上
掠过两块纷飞的弹片

2010

冬至

那时我正在写作
忽然怔住了
那是听到一种
有节奏的敲击声
自楼上传来
哦！我听得分明
那定然是
楼上独居的
孤寡老人
在剁饺子馅
我的胃泛起
温暖的潮水
这座冰冷的新楼
像个输液的植物人
在打击乐里
恢复了记忆

2010

| 白雪乌鸦 |

智慧

宗显法师是个有智慧的人
他应要求讲述
自己当年出家的往事
像在写一首诗
一首口语化的现代诗
那黄昏的寺院
僧侣们的晚课
让他感觉到幸福
那身上世纪九十年代初
还十分稀罕的白西装
决绝地自剃
一头摇滚青年的长发
充满细节的人性叙述
令我怦然心动
而真正让我见其智慧的
是他对一位自称
正徘徊在基督与佛陀之间的
女士的回答:"信基督吧!"

2010

菩萨：觉悟的众生

南岳深处

九峰之间

莲花掌心

广济禅寺

明月高悬

夜阑人未静

到此修炼一昼夜的

六十名骚客

六十名菩萨

分居于客房

尚未歇息

各忙其事

露台上人最多

十个菩萨

一边吸烟

一边争论

担当还是不

其中一位

来自广西的男菩萨

刚刚谴责过一位
北京来的女菩萨
穿得太少
袒肩露背
刚巧对方是名
在家居士
真觉得自己错了
去找法师认错
这就错上加错
或许原本无错
现在错了
她在第二天
惩罚了自己
足蹬高跟鞋
登上衡山顶
像一场自虐的酷刑
广西男菩萨
因此变得臭不可闻
再也无人搭理
就在这十名菩萨
正在争论的时候
有个湖南菩萨

来到寺院中间

唱起了山歌

呕哑啁哳难为听

在会上

他老想用其破嗓子

呼喊革命口号

可疑的人

醉翁之意岂在诗

有两个河南菩萨

偷偷溜出寺门

在伸手不见五指的山路上

向上爬了三百米

摸到一家事先打探好的农家乐

酒肉穿肠过

煮酒论狗熊

醉眼看江湖

凌晨五点方才归来

进院后得见

一个广东菩萨

和一个四川菩萨

沿着走廊

来回踱步

忧虑现代诗歌的现在
畅想中国文化的未来
像是一场思想秀
搞得众菩萨中神经衰弱者
迟迟睡不着
在某间客房之内
一个陕西菩萨
在对一个山东菩萨
和一个天津菩萨
大讲诗坛八卦
江湖趣闻
神乎其神
他在睡前沐浴时
在卫生间里
见缝插针
干了一件
不可告人的小坏事
阿弥陀佛
这天晚上
有八个菩萨在磨牙
有十八个菩萨在说梦话
有二十八个菩萨在打呼噜

全体菩萨被蚊虫叮咬

蚊虫也是菩萨

另有三个菩萨

私自服下安眠药

其中一个女菩萨

吃了药还睡不着

开始默诵《心经》:

"观自在菩萨,

行深般若波罗蜜多时,

照见五蕴皆空,

度一切苦厄。

舍利子,

色不异空,

空不异色,

色即是空,

空即是色……"

2010

红叶

在大箭沟的山坡上
我看见一片红叶
并为之惊叹
同行者说：
"这算什么
还有更红的！"
我暗想：
那又怎样
是这一片
而不是另一片
叶子
红到了我心里

2010

送寒衣的妇人

寒食节当日我去首阳山公墓
给天上亲人送去寒衣

在相邻的墓碑前看见一个
年约五旬的妇人正在焚烧纸衣

她一边烧一边念念有词：
"爸爸！大哥！二哥！冬天到了……"

我瞥了一眼：那的确是个合葬墓
"爸爸"在上、"大哥"在右、"二哥"在左

妇人烧完纸衣和纸钱
用专门拎来的塑料桶中的水浇一左一右两棵松树

"大哥！瞧你霸道的
人死了还这么霸道！"

哦！我在第一时间

领悟了她的笑言笑语

她是在说：右边的松树
要比左边的长势迅猛高大许多

天上的亡灵！请原谅我这个有心人
我在妇人离去之后窥探到她家的碑文

这爷仨死于同一年
死因未铭

2010

鬣狗的胃液

十二年前
丧胆手术
我的胃液
被导出来
望着透明圆罐中
黄黄的酸液
哦！我的胃液
就是它消化了
我吃下的那么多
那么多不洁之物

这些年里
儿子受我影响
爱看足球赛
我受他影响
爱看动物片
当我在一部介绍鬣狗的片中
了解到鬣狗的胃液
是地球上所有生物中最强的

我便爱上了
鬣狗
一位美国诗人说
诗，需要一个强健的胃
来消化水泥、石油啥的
于我心有戚戚焉
我呢，想接通一个导管
给我诗的胃里
直接导入鬣狗的胃液
就能够消化
腐肉、皮毛、骨头
饥荒之年还能消化
土块、朽木、石头
并且无惧任何细菌

在生命的最后时刻
胃液消化了胃
消化掉无
诗——得以永生

2011

春

公车站上
并肩站着两名
双胞胎美少女
其中一个
小脸气得通红
冲另一个骂道
真像在骂自己:
"你竟敢冒充我
去和他约会
太不要脸了!"

满街的桃花开了

2011

故地重游

一个饭局
设在石油学院附近
我二十年没有到过的地方
已是如此繁华
整整二十年前的春节
我踩一辆破旧的单车
载着未婚妻
载着年货
穿过一片荒凉的田野
来给住在该学院家属楼里的
我的顶头上司拜年
求他分给我一间
用来结婚的房子
结果总算如愿
给了一间十三平方米的小平房
二十年前
我,多么年轻,强壮有力
妻,多么美丽,腰围一尺九
但是我们没有觉得自己年轻

二十年前
我们多么贫穷,存款为零
但是我们没有觉得自己贫穷
唯有快乐
唯有快乐

唯有无须在日后改叫幸福的快乐

2011

小舅子

小舅子
房产商
我当年的粉丝
出口成诵《车过黄河》
我当年的支持者
即使在他爹反对他姐
嫁给我这个汉族青年的当年
他也坚定地站在我一边
国庆回去省亲
见到这位老总
正读我的长篇
《士为知己者死》
喜欢得不得了
喷着满嘴酒气
劝我说:"姐夫
你就专心写小说吧
别写什么诗了
你现在的诗
没激情

除非你跟我姐
离婚"

2011

老丈人

我很内疚
去年他老人家
脑溢血突发
我都没有回来
(忙是永远的理由)
现在只能探望
带着后遗症的他
我在半夜到家
直奔他床前
叫了一声:"爸!"
他伸出青筋暴露的双臂
用双手紧握我的双手
眼中闪烁着千言万语
口中只吐出两个字:
"稀——罕!"

2011

白雪乌鸦

北京,铁狮子坟的早晨
刚下过一夜的雪
我脚踏一片洁白
朝着校园深处行进
忽然间
扑棱棱几声响
一个飞行小队的乌鸦
落满我脚下航母的甲板
哦,白雪乌鸦
仿佛上帝的画作
让我搓着手
呵着热气
准备将它卷起来
带走

2012

一个杀人犯在我脑瓜里待了三天

他是个农民
在本村杀了
一家四口人
连夜潜逃
沿村边小河
一路逃窜
只走河堤
进入大河流域
沿着大河
继续前进
如此线路
让他躲过了
警方所有设卡
四面八方
围追堵截
一个月后
来到海边
眼瞅大河
没入大海

那是他此生中
初次见到大海
是黄的
不是蓝的
感觉特没劲
徘徊了一整天
他跳海自杀了

2013

异国小镇

"看见这种小镇
我总有一种
恐怖的感觉
也许是
美国电影
看多了……"
我对维马丁说

他回答:
(没想到)
"我也是"

"奥地利有没有
这样的小镇?"

"有啊,很多"

"你看见它们
会不会有这种

恐怖的感觉?"

"会有"

"为什么?
那可是你的祖国啊
是你再熟悉不过的地方……"

"因为里面
会住有新纳粹"

2014

母语

绿山之中
每一户隐居的人家
都养了狗
我等散步经过时
便狂吠着扑上来
我喊:"滚蛋!"
不管用
继续扑
芝加哥女作家朱安
大喝一声:"shit!"
狗就老实了
灰溜溜退下

2014

越南风景

送来大米和大炮的
什么都没留下

还有送来炸弹的
也不曾改变什么

只有——
送来文字、咖啡和教堂的
留下了文字、咖啡和教堂

2015

吉隆坡云顶赌城联想

地球毁灭了
人类移居外星球
我是幸运的
最后一批撤离者
当我们到达那里的时候
发现先我们到达的人们
住在一座超级大赌城里
有人朝篮筐里
投掷地球仪
我告诉他们地球
已经毁灭的消息
他们哈哈大笑
弹冠相庆
原来所有的人
都为地球——
他们家园的
毁灭下了注
现在他们赌赢了

2016

事实的诗意

三八线
不是一条线
它有四公里宽
南北朝鲜划定的
非军事区
六十年过去了
成为世界上
最成功的动物保护区

2016

蜻蜓

从童年开始
有一只蜻蜓
在我头脑中飞行
像立体的
晶莹剔透的草叶
一样漂亮
它一直飞着
一直飞到
我长大成人
进入中年
开始焦虑
它是一条命
怎么还不
飞出去

2017

孤独的炸弹

西昌国际诗歌周
昭觉活动中心
主题发言场
晴朗李寒在发言中
讲到阿赫玛托娃的
苦难命运
讲到她的第一任丈夫
古米廖夫以"反革命罪"
被枪毙的事
随后
一位着装现代的
彝族中学生
跳上台去
站姿扭曲
怒目圆睁
一腔怒火
喷泻而下：
"你们这些
面对人民的苦难

不能秉笔直书
伸张正义的
狗屁诗人
跑到小地方来
讲什么反革命……"
我们全都傻了
不知所措
不知发生了什么
后来
当我们的中巴车
穿过县城离开时
看见那个中学生
独自一人
走在街头
余怒未消
直喘粗气
像一颗孤独的
行走的炸弹

2017

黎明

晨星隐为鸟鸣
孤灯灭成日出

2018

宣告

我不会
戴着墨镜装瞎子
戴着口罩充哑巴
明人不做暗事
我明告你们
我的诗
是不可以批评的
因其自带未来性
对人类贡献更大
谁要批评我的诗
我人就要跳出来

2018

千年雨

我从日本归来
长安大雨如注
一路未用的伞
终于撑开了
从伞下
我一眼瞄见的
乱云飞渡的长安
是一千年前
遣唐使从斗笠下
瞥见的天堂

2018

归宿

下了一天的大雪骤停,最后阶段竟是太阳雪,天空中有彩色的流云,迟到的暮色终于落下,落满了航天城一个空无一人的十字路口……

我们一家三口走过斑马线。

路边的五六个小饭馆里空无一人。

也许是在雪天,儿子选定了雪乡饭馆,热气腾腾的东北菜。

"在这种无人的饭馆,走进来一个落魄的男人,就是一部电影的开始,高仓健演的电影,他会要清酒、猪肝炒饭,还有烤串啥的,老板娘会说,到底是男子汉,真能吃啊!故事就开始了……"我对学电影的儿子说。

这一晚他的饭量大增。妻则吃得很少。

这是我们被大雪困在新居的晚上,新居是我为自己准备的老年写作基地——我最后的归宿。

2018

孤岛

有一年，我和诗人沈浩波来到一座孤岛。遇见一位在读的大学生，是个口头语言表达的天才……

我预言：他会成为一名好诗人。

浩波不同意，说他太爱钱。

作为预言家，我们都对了。

他后来果然写得不错，甚至可以说，相当不错。

但非常短暂，很快消失了。

2018

远眺

在布考斯基问世于 1962—1963 年的一首诗中（那时的他四十出头），写到一位年轻诗人写给他的一封信：预言某一天，他一定会被公认为世界最伟大的诗人之一。

老布在该诗的尾声写道："虽然我保留了这位年轻诗人的信／可我并不相信／但还是喜欢在／生病的棕榈树下／在夕阳中／偶尔远眺。"

老布，在你第二十四个忌日，在我润色到这首诗的此刻，我很想知道，当年你望见了什么，请在今晚托梦于我！

2018

酷授课

古典主义时期,诗人是国师。
浪漫主义时期,诗人是自我放逐的叛逆王子。
现代主义时期,诗人是文化精英,像冷静的哲学家。
后现代主义时期,诗人看不出是诗人,像邻家大叔一样普通。
这就是诗歌史上诗人形象的更迭变化,其实就是文明进程中诗人角色的变化。
以上讲述我给自己打一百分,在中国的大学课堂上也很难听到,你们不知道记下来是你们的损失,因为我不会讲第二遍,时间也不允许。
下课!

2018

孤象

以后我想起柬埔寨的形象
便会想起一头亲人全都死去
牙被锯断一条腿是假肢的孤象
一瘸一拐地走向不可预知
但也不可能再坏的未来

2019

北极

第一个
乘上白人飞机的
爱斯基摩小男孩说:
"我坐进了乌鸦的灵魂"

2019

| 长诗 |

唐(选章)

1

兰叶在春天葳蕤
桂花在秋天皎洁

林中的风吹生了
一名隐者的喜悦

以草木自比的人
成了幸福的草木

自比为美人的人
就是堕落的男人

7

在燕草与秦桑之间
在碧丝与绿枝之间

当思妇想极了

远方的老公

她湿润了

这是多么平常的事呵

当干燥的诗人

和春风一起

钻入她的罗帐

以男儿之身

伴其思春

诗人之诗

便因此有了必要的湿润

12

冠盖满京华

那还用说吗

斯人独憔悴

那还用说吗

千秋万岁名
就这么定了
寂寞身后事
就这么定了

13

圣代
是对当朝的溢美
歌功颂德之词

被海上来的和尚
装进盒子
装上了船

带回到日本
成了起给女孩的
名字

15

声喧乱石中
色静深波里

是王维的手艺
让我相信了他

我不相信
这仅仅是手艺

我心素已闲
清川澹如此

想留在磐石之上
垂钓到死的人

我该相信做得最巧的人
 还是说得最好的人

王维!
王维!

17

唐时的男人
看不惯女人
她出身的贫贱
她日后的荣华
比如王维
就看不惯西施
他在诗中号召
全国的东施
都不要效仿西施

嘘！说到
女人的时刻
正是我的祖先
心智最为低下之时
他们提起皇帝来
更是如此

18

我早已习惯了
什么登高、雁飞
什么愁起、兴发
天边之树宛若荠菜
江畔之洲宛若月镰
在一首最终写到了
重阳节的诗中
面对这些
我已见惯不惊
险些哈欠连天

可是
这个唐人孟浩然
忽然在不经意间
写出了：心——灭
吓得我从摇椅上
翻将过去

19

欲取鸣琴弹
恨无知音赏

哦！又是知音

披着散发静候知音
敞着胸怀等待知音

理解祖先之酸吧

寂寞它逼得紧
孤独就是古代的癌症

36

寒蝉鸣叫在叶儿落尽的桑林
征人行进于八月的萧关古道

遍地芦草黄了

令出塞之游人
想起幽并两州的壮士
古往今来他们
与尘沙共老的命运

也在一瞬间
回想起长安城中那些
脸蛋红扑扑的游侠儿
整日出没于三里屯的酒肆中
不时拍打着紫色骏马的屁股

37

在秋水寒意
和似刀寒风中的

帝国

在大漠平沙
和未尽落日上的

帝国

在黄尘马蹄
和蓬蒿白骨间的

帝国

这就是唐
真相在北方

38

鼓角横吹出
明月出天山,苍茫云海间
鼓角横吹出
长风几万里,吹度玉门关
在高调与长调之外
它无法吹出的是
白登山和青海湾的沉默
吹不出戍客不归的灵魂
他们望乡的愁苦面容

远在故乡的亲人
漫漫长夜的高楼之上
那不绝如缕的声声叹息

41

"当月色漂白长安"
李白的《军嫂之歌》
是这样起兴的
"千家万户传出的
洗衣机的声响
似轰鸣之马达"

有所不同的是
这首歌在当时并没有
被皇家军队采纳
也没有获得过任何嘉奖
甚至没有拿到
应得的版税

42

"为了赶上
明晨出发的驿使
今夜她要在
丈夫的征袍里
铺满白云般
新鲜的棉絮"

在长安城的冬夜
李白还在执拗地
歌颂着他的军嫂——

"素手抽针的冷
冷冷素手已经
握不住一把剪刀"

43

她
额际的刘海

初次遮住额头的
性感

她
在初欢之夜
面壁而坐
丝巾自行滑落
裸露出如玉双肩的
性感

正是他的故乡金陵
秦淮南岸的
性感

唐时的商人
过瞿塘、穿猿声、下三巴
为做生意哪儿都敢闯
但最终还是要回到
金陵——
他的性感故乡

45

慈母手中线
游子身上衣

母有母的事
子有子的事

一个母亲
可以要求天下的儿子

寸草之心
报三春晖

46

前不见古人
后不见来者
的幽州台
我来了
拾级而上

猛抬头
见一人
独立台前
侧转身来
像是刚刚哭过
我们漠然相视
四顾无言

哦！在幽州台上
我遇见了
千年以前的
我

50

一个人弹琴
惊起四郊的落叶
一个人弹琴
妖精也赶来倾听
一个人弹琴
空山百鸟散了又聚

一个人弹琴

万里浮云阴了又晴

一个人弹琴

川为静其波

一个人弹琴

鸟亦罢其鸣

一个人弹琴

长风吹林

一个人弹琴

雨打屋瓦

一个人弹琴

泉水喷到树上

一个人弹琴

野鹿走过堂下

一个人弹琴

让另一人傻等

茶饭不思

玩物丧志

51

一个人吹管

风中长飙的自由

一个人吹管

枯桑老柏的凛冽

一个人吹管

九雏鸣凤的欢愉

一个人吹管

龙吟虎啸的威仪

一个人吹管

万籁百泉的和谐

一个人吹管

黄云白日的昏暗

一个人吹管

上林繁花的灿烂

一个人吹管

岁夜高堂的明亮

一个人吹管

美酒千杯的热烈

一个人吹管

凉州胡人为我吹

世人解听不解赏

52

寺钟如墨
泼出之后
天就黑了
渡口似手
一掷就掷出
几多争渡者
村人回村
山人归山
黄昏雾吞吐山树
隐者死后长寂寥
叩响其故居门扉的
依旧是一个隐者

54

海客谈瀛洲

烟涛微茫信难求

越人语天姥

云霞明灭或可睹

初三年级的语文课

女教师高志华的莺燕之语

也无法阻隔我

进入这种声音

我欲因之梦吴越

一夜飞渡镜湖月

湖月照我影

送我至剡溪

那是我在音乐厅里

无从领略的声音

诗歌的声音

如此本质

霓为衣兮风为马

云之君兮纷纷而来下

虎鼓瑟兮鸾回车

仙之人兮列如麻

那一天李白的舌头
在教室的日光灯架上挂着
明亮的大舌头
像一个璀璨的光团

世间行乐亦如此
古来万事东流水
别君去兮何时还
且放白鹿青崖间
须行即骑访名山

当我放声朗读
真是口感妙极
五年之后才有的初欢体验
让我回味到
好诗之于口腔才有的性高潮

安能摧眉折腰事权贵
使我不得开心颜

这千古一句意思简单
狂放的一面我也从不缺少
只是那声音强大
引我舌勃起——刺出唇外

57

一匹马
一匹
冒热气的马
是一匹
长途征战后
汗流浃背
再也跑不动的马

在新疆的雪海边
平沙莽莽黄入天

那匹马
后来变成
一匹白马

一
匹
冰
马

58

夜吹角
旄头落
烟尘黑
雪海涌
阴山动
云片阔

地下的白骨与草根
死死纠缠
冻石之上
四处可见
被冻掉的
马蹄

自古以来
没有多少人
关心着这些小事
他们世世代代
子子孙孙
誓将报主静边尘
今见功名胜古人

63

杜甫
在对着一棵老树抒怀
是一棵柏树
孔明庙前
一棵古柏

大厦如倾要梁栋
万牛回首丘山重
赶紧掩鼻
怎么一股子
老干部的味道

志士幽人莫怨嗟
古来材大难为用
千万老干部
就是顺着老杜这棵树
爬上去的呀

孔明庙前
湿度过大
阴气过重
那是一个中原男人
望着另一个造成的

73

愈拜稽首蹈且舞
金石刻画臣能为
啊呀！韩愈——
韩大师要干傻事了

当其主裴度
平定淮西燕归来

被皇上封赏
身为僚属之韩愈
就有点沉不住气了
赶紧奏请圣上
要为其主立大碑

准了！准了！
碑文自然将出自
韩大师之手
古者世称大手笔
当仁自古有不让
洗手、净心
为撰此文
韩大师动了真气

那些歌功颂德的字儿
已被刻进了石头
那块立起来的碑
又被推掉了
粗沙大石磨平字痕
只为所撰文字
与事实不符

嚯！嚯！嚯！
有人为其鸣不平
鸣不平者李商隐
公之斯文不示后
曷与三五相攀追
他为佳作操心
也为皇帝着急
我为古人操心
也为大师着急
都是他娘的瞎操心干着急

75

公主琵琶幽怨消失的尽头
就是你将要前去送命的前方

在那里——
胡雁哀鸣夜夜飞
胡儿眼泪双双落

你的尸骨应该运回的丝路上

空见葡萄送来

80

长相思,在长安
在粉巷之老树咖啡
或去老树咖啡的路上
美人腰间的蛐蛐叫啦
上有青冥之长天
下有渌水之波澜
纵然梦境相连
灵魂时常相见
身体却老是缺席
长相思,肠胃炎

82

好酒好饭伺候着
可我举不起杯呀飞出了筷
拔剑四顾心茫然

一跃上船
黄河就被冻住了
一步踏出
太行就变雪山了
我这永在路上的倒霉蛋呀

闲来垂钓碧溪的
一次香甜午寐中
梦见了船
梦见乘船经过那日边

太阳滚滚而来
歧路爬满大地

92

狱窗之下
一个囚犯举头
望见了秋天
合唱队里的一只蝉
蝉那玄色的翅膀

令满头白发的他

羞煞

他想对蝉说点什么

也不大好意思啦

那是初唐

一个秋天

93

杜甫的爷爷

杜审言发现

独有宦游人

偏惊物候新

云霞自江面升起

梅柳渡江则春

地气升温

催着黄莺叫

朗照的阳光

使浮萍绿了

老头听到一个

做县吏的老哥
唱出古调
便思乡思得要命
老泪纵横地哭了

如上这些都是被别人
写过了千遍的东西
独有那宦游人三个字
像人脸上的刺青

95

一个人来到
十月南飞的大雁
到此便不再返回的某地
而他的脚下却无法停步
悲从中来

江静潮初落
林昏瘴不开
望风景的人累了

只好望乡
望乡的人望见了
满目梅花

97

清晨让古寺满了
初日让高林空了
曲径让幽处满了
花木让禅房空了
山光让鸟性满了
潭影让人心空了
万籁让俱寂满了
钟磬让尘世空了

满即是空
空即是满

98

晓随天仗入

暮惹御香归
岑参与杜甫
老老实实去上班

圣朝无阙事
自觉谏书稀
岑参与杜甫
踏踏实实去做官

白发悲花落
青云羡鸟飞
这是走神
偶尔的走神——

把他俩拉出来
做了好诗人

104

国破山河在
城春草木深

A 说：这才是
杀人之利器啊
像一把真正的刀

感时花溅泪
恨别鸟惊心
B 说：刀算什么
此为一把剑

解风情的剑
烽火连三月
家书抵万金
C 说：刀剑杀人
菩提树亦可杀人
高在不见血

白头搔更短
浑欲不胜簪
D 说：非说杀人
最毒莫过妇人心
就用头上的簪子杀人

时为西元 1999 年
在成都的一条街上
一辆绿色的士
载着四位诗人
去参观杜甫草堂

109

对着凉风起兮的天尽头
怀想李白的
也只能是杜甫
设问鸿雁几时到
自答江湖秋水多

想着李白
这个文章憎命达的家伙
是在和屈原的灵魂对话
将诗篇投赠汨罗江
杜甫,难道你就不着急

I 服了 you

小小的 I
大大的 you

110

在远送终有别的某处
是青山空复情的地方

今夜有如此姣好的月亮
她会追你追到死的

但我不敢保证
酒杯上残留的体温

还会等到你归来的手
将它重握

114

王维的晚年

倚杖柴门外
临风听暮蝉

落日是渡口
吞下的药丸
孤烟是村庄
新生的黑发
寒山转苍翠
秋水日潺湲

王维的晚年风度
是等待着
也盼望着
一个醉酒放歌的狂人
跑到近前笑他

116

晴川映着荒草
老马踏着古道
流水载着落花

落日照着暮禽
孤城临着野渡
隐者回到嵩山
这里的和谐
是如此被打破的
他老迈的公鸭嗓音
从草屋的窗口传出
"弄啥咧！弄啥咧！
快把门给俺
关上！关上！"

123

在写给丞相的诗中
写到欲渡之人
总是没有船

究竟是什么意思呢？

在写给丞相的诗中
写到闲居之人

有愧于盛世

究竟是什么意思呢?

在写给丞相的诗中
写到垂钓之人
徒有羡鱼情

究竟是什么意思呢?

在我偌大中国
这样的朦胧诗
却无人说他读不懂

127

就在上个月
我也像唐朝
抑或古代的诗人那样
过故人村庄
在田家饮酒

那是在二层农舍的阳台上
村边的绿树
远处的青山
我都看见啦
把酒话桑麻的鸟事
在座者也都干啦
只是重阳未到
不见菊花
在这个过程里
比较煞风景的是
我需要不住地拍着
自己的光腿
声若扇着别人的耳光
以对付乡间
嗜血的蚊子

130

追逐仕途
失去女人

追逐女人
失去朋友

追逐朋友
失去知音

追逐知音
失去自己

那就什么
都别追了

原地待着
挺好挺好

135

寻道士不遇
可也不算亏
一路上他看到的所有
青苔、白云、芳草、松色

都有那道士笑微微的表情
且还免去了言语
多余的说话
溪花与禅意
相对亦忘言

140

在楚江暮雨中写一首诗
正是建业的晚钟敲响的时刻

我看见雨中湿重的帆
看见鸟儿飞得迟缓
不见海底的门
打开又合上了

相送情无限
可我本是无情物
在这样生离死别的时刻
也只能独自一人
朝着一个无底黑洞

坠
去

144

故乡衰草遍地
生离死别的事
正赶得紧

为什么
道路总在寒云之外生长
归人总在暮雪时分
才姗姗而至

一个朋友对我说
我做孤儿太早
在多难中认识你
又太迟

然后他就哭了
风雪中掩面而泣

145

离乱总是十年
命中偶然相见
即使有
不知会在这一天

多少沧海事
交付暮天钟
明日巴陵道
秋山又几重

长别离后相见
相见后又别离
叫人不胜悲喜

147

白发是生给谁看的
当然是生给爱你的人
她看了会心痛

懂得你在尘世
所受的煎熬
会怜惜
并不在乎的
一个事实是
你正老去
如此说来
白发是为爱情而生
也是为爱情而白

154

一根纤指
弹出长夜的瑟音
西风吹拂着
大地的藤萝

残萤栖身白露间
早雁飞过秋天的银河
高树在晨雾中密集
远山在晴日里清晰

一叶落下
便知岁暮
有人在落叶上察觉
洞庭秋波起

161

灞原风雨定
晚见雁行频

落叶落在他乡的树下
白露滴在空空的故园

寒灯下的读书人
与孤壁野僧为邻

猛抬头,惊回首
屋外有恐龙在吼

那是陇海线上
一列火车在走

182

舍南舍北皆春水
但见群鸥日日来

缘何不扫花径
却又蓬门大开

集市远离
无甚好菜

因为家贫
酒是残酒

"谁与本夫共饮?
谁与本夫同醉?"

那隔篱唤人的老儿
没错!杜甫

189

庾信平生最萧瑟
这是一种选择吗
谁敢于做出
这样的选择
想到此
我不免倒吸一口凉气

暮年诗赋动江关
又是一种必然吗
谁可以主宰
如此的必然
想到此
我不免喷出一口烈焰

193

万古云霄之上
一
　根
　　洁

白
　　　羽
　　　　毛
在
飘

那是
杜甫
眼中之孔明

200

这属于——
男人的春思

躺在床上想打仗
心随明月到胡天

可是
可是——

高楼上逸出的花枝
却俯下身来

乐呵呵地
笑你独眠

205

昔日也曾戏言
身后如何如何
不想今朝都到眼前来

你留下的衣裳
眼看已被我施舍光了
你的针线还留着
可是我不忍打开
想你之时
也只能对你的丫头好了
梦你之时
也只能默默地烧点什么了

早就知道
这是人人都会有的长恨
但搁在你我这样
贫贱夫妻的身上
此痛还是来得过于致命

214

想见的人
总是很难见到
而不想见的人
总是容易碰着

有时候
又会是这样的

不想见的人
也就碰不着了
那大概是
不想见得狠了

而想见的人
总是能够见到
那也是因为
想见得狠了

223

无人空山里的
众语喧哗

来自我满载
市声的双耳

和一颗
不肯脱俗的心

自北回归线
返程的太阳

高挂在正午的
森林之上

它的光芒
照不到的地方

青苔繁衍着
生殖的秘密

231

诚如落花诉说着
昨夜的风雨
晨起的人
都愿意为我们
讲述夜里的故事
他的梦
他的醒
他的睡眠
他的无眠
他看到的风景
他听到的动静
他想起的故人
他记起的往事
他下定的决心
在春天的早晨

232

我想我们都是从
这片明月的光中
走进唐——走进
这个本应建立在
月球上的帝国
我之原乡

那明月之光
不论是床前的
抑或是窗前的
从来都不那么重要
反正都像地上白霜

我们举头干了什么
我们低头又干了什么

233

李白的故乡
李白的姑娘

李白的月亮
李白的美人

李白的姑娘
在李白故乡

李白的美人
在李白月亮

深坐颦蛾眉
但见泪痕湿

骚骚的李白
明知还故问

不知心恨谁
那还能有谁

李白的人儿
自然恨李白

237

你在泠泠七弦上
静听松风的寒冷

那是自时空的背面
伸过来的玉手
弹痛了你的神经

并非是
古调自爱的赏玩

——是灵魂
被奏响之后的音乐
让你觉着自个还是一把

好琴

239

一个人

在秋夜里怀念着
他的弟弟

他在户外
散步之时
吟咏着秋天的凉意

他听见
空山里松子在落
就断定阿弟还没睡着

310

游子吟　游子吟
寒食到　清明近
春雨浓　春草深
春风吹　春苗醉
春柳垂　春堤睡
只是有家不得归
一只啼血的杜鹃
还一口咬掉了

我
耳
垂

311

在渭城送你
在秦时的咸阳老城送你
清晨的雨
落而绝尘
雨后的客舍青青如许
柳色新鲜
等你再吃一杯酒
我就讲出我的道
西出阳关没有我
不仅如此
在我们每个人
所投奔的远大前程
和一意孤行的
死路一条上
都不会有故人相随

313

在夜的另一边
宫墙的里面

一个宫女在抱怨
自个儿不及寒鸦的容颜

当美丽被堆积遭闲弃
如同垃圾

寒鸦的翅膀
还能扇着月光飞翔

319

巨制完成的黄昏
是爱子雨伦
放假回家
的第三日
下午以后

他一直待在客厅里
做寒假作业
暮色降临时
窗外的风景
弥漫着时间
琅琅的读书声
自我家的阳台上响起
"劝君莫惜金缕衣
劝君惜取少年时
花开堪折直须折
莫待无花空折枝"

2001 | 2002

诗之堡

英格兰!醒来!醒来!醒来!
你的姐妹耶路撒冷在召唤!
你为何憔悴地睡死过去,
把她关在你古老城墙外边?
——[英]威廉·布莱克

1

黑夜提早降临
英格兰已经睡去
我这个东方飞来的异乡人
摸黑潜进了奥尔德堡小镇
驻足在卧着一头小白狮的
酒店门前

此处距海边
只有一百米远
但却什么都看不见

仿佛回到了童年的剧场
灯光渐暗
乐池之中乐声大奏
乐队在演奏革命的交响曲
我擅自离座趴到乐池边
偷偷朝里看——

耳边轰鸣着
什么也看不见

2

海鸥的叫声唤醒我
起床下地扑向窗棂
提起窗梁探出头去
却见一树乌鸦

要照西方的说法
这似乎暗示着某种凶兆？
没关系！我的行李中
还扑腾着一只北京的喜鹊

可以放飞出去……
正这样想着
白色的鸥群翩然而至
扇动结实有力的翅膀
驱散满树的乌鸦

3

在壮美的晨曦中
终见北海真面目
青灰的大海
海浪如铅块
男性的海洋
拒绝了漂亮

连海滩都被拍击成
粗粝的石子
不揉一粒沙子
海滩乃石滩
停泊着几条
废弃的渔船

更像是被拖上岸来的沉船
叫人无法避俗地想起命运
天空有日出的景观
却没有太阳的结果

4

甜点一般精致的小镇
童话般不够真实
更像是一个专为音乐与诗歌
虚拟出的网上的社区

我目睹一轮明月
在火烧般的晚霞中升起的奇观
纳闷着整个白天
很少看见人——无人谁来听诗？

街灯初上
只见人流清泉般汩汩冒出
从四个方向朝着一处奔流
我被冲刷着来到今晚朗诵的银禧大厅

5

来前我听到过一种说法：
在如今的地球之上
如果你在一处地方
能够同时见到五种以上的动物
并与之和平共处
就是抵达了天堂

我在银禧大厅朗诵的今晚
台下是与人同行的狗
越过院墙而来的猫
低头嚼草的牛羊
头上盘旋着海鸥、鸽子和乌鸦
松鼠也跳到了脚面上……

我为众生放声朗诵

6

热爱诗歌的人

都是我的亲人
懂得我诗的人
都是我的情人
灵魂间的
交流语言
不是英语
不是中文
而是诗歌
只是诗歌

7

我来自欧亚大陆的腹地
在我这个大陆之子眼里
拥有海洋是一种富有
兼有河流则成了
一种奢侈——

哦！上帝偏爱这里
奥尔德堡河像闪闪的银叉一样
叉在奥尔德堡这块金黄色的面包上

沿着河流上溯
终见两只白天鹅
鸳鸯一般
栖于水中
而在这时
与我同行的澳洲翻译家
正在讲述他与妻子的爱情——

他和她都希望自己能死在对方的前头

8

小镇居民
在镇中心
为狗塑像
却将音乐大师布里顿的
纪念钢雕请到了海滩上
令其面朝大海
汹涌澎湃
(什么"春暖花开"？)

9

迎面而来的陌生人
老熟人一般
热情地打招呼
从身后超越我的
跑步的少女
也不忘问候一声
吓了我一跳
原谅这个中国人
对于相敬如宾的不适应

10

当我在乡间小路上
天堂般的美景前
流连忘返之际
那个与我打过招呼
迎面擦肩而过的
端庄娴雅的中年女士
出现在当晚的银禧大厅

站在场地中央
为正在入场的老年观众
带路引座

11

在萨福克郡美丽的田园风光中
我神情恍惚地迷失了
来到四块相连在一起的足球场
绿草如茵绿得惊心
在这个淑女也在谈论足球的国度
我有一种隐秘在心的自惭形秽
我唯一能够做到的是
让它起于足球而止于诗歌

12

胖男孩(他应该叫汤姆)
与瘦男孩(他应该叫大卫)
在社区的路口相遇

面面相觑
茫然无措

几分钟后
在下一个路口
我又看见了他俩
大卫骑车
汤姆跑步

这里一定不是他们的天堂

13

小镇上唯一的书店里
有我热爱的三位诗人
威廉·布莱克
艾伦·金斯堡
查尔斯·布考斯基
不好意思
还有我自己的诗集

与大师摆放在一起

我幸福得差点叫出声来

14

晚餐前后的白狮酒店
变成了老年人俱乐部
那些有型有款有风度的
老绅士老淑女
真像是从十九世纪的英国小说
插图上走下来的人物
你给他们拉门
他们向你摘帽致敬
而在白天的乡间公路上
开快车的也是他们

15

我有三次进过教堂

却没有看见过一名神甫
第三次是在钟声敲响的时刻
它仍然空旷得令我心慌

16

我后来才得知,那阵钟声
是为战争中的死难者而鸣
他们的纪念碑
就高耸在滨海的小广场上
碑下摆放着几个花圈
碑顶栖落着一只鸽子
一个挣脱出母亲怀抱的小孩
张开嘴大口吃着海风
淌着鼻涕
指着它叫:"鸟!"

17

偶见米字旗迎风飘扬

方才意识到这座
夏天音乐冬天诗歌的
世外桃源
属于一个国家
并且是个王国
是需要签证官
盖下冰冷的钢印
方才能够抵达
在诗歌与诗歌之间
横亘着国家
从王国到王国——
天下乌鸦一般黑

18

走进教堂一侧的墓园
在林立的墓碑间
耸立着库克船长
（难道他是埋在这里？）

他就是奥尔德堡的灵魂吧？

不,不——这正是
一种要命的王国式思维
每块墓碑都有自己的名字
每块遗骨都有自己的灵魂

19

来时我吃掉了一条鱼
去时我划走了一只船
来时我怀揣着一卷诗
去时我带走了一本书
奥尔德堡
我只是你匆匆的过客
与所有命定孤独的诗人一样
到此投奔一个短暂的
温柔之乡
转瞬即逝
梦醒时看清前路
依旧是不堪的现实

20

除去北海的鱼
此处还盛产苹果酒

要一瓶来尝
不料却醉了

我对我的翻译家朋友说：
"在异国他乡，我没了酒量"

他说："是的
你好像很容易醉。"

21

五天四夜
我还是没有学会
坐在电影布景般的街头
坐在露天咖啡座上
将透心凉的海风

像牛奶一样

搅进滚烫的咖啡中

然后再十分惬意地喝下去

这是一名过客

与本镇居民的最大区别

22

苏格兰高地来的诗人

未穿裙子

擅长吹奏

他像变戏法一般

变出了随身带来的所有乐器

逐个吹奏它们

都能吹出风笛的味道

将所有的曲子

都吹成了天籁般的《一路平安》

吹得落花有意流水无情

吹得感时花溅泪恨别鸟惊心

吹得执手相看泪眼竟无语凝噎

把离情吹成了爱情

把爱情吹成了伤情
"轻轻地我走了
正如我轻轻地来"
"在康桥的柔波里
我甘做一条水草"
吹得我在一瞬间
理解并原谅了
志摩的软
（在英国我老是想起他来
他那帅帅的样子极富尊严）
最终
吹落成离别时的一场
绵绵细雨
在加速离去的车中
雨刮器努力地工作着
刮着落在前窗的雨水
也刮着我眼镜片上的雾

2008

无题（选章）

1

一片雪花天上来
压垮了大中国
神经状的电网
电网状的神经

3

嘴
记得
吻
是一份
湿湿的
凉凉的
静

4

罕见之冷冬
令公园的湖面
结成厚厚的一层
坚冰
冰是水长出的牙
咬住了几条游船
船的表情
像咬住了钩的鱼
湖面上有人溜着冰
拖船而过
像拖着自己忽然长出的
鱼的尾巴

5

(这是波黑战争中的画面)

敌机在机场上空下蛋
炸飞了我们的飞机

敌机在民宅上空下蛋
炸飞了我们的躯体

敌机在教堂上空下蛋
炸飞了我们的上帝

敌机在墓地上空下蛋
炸飞了我们的祖先

敌机在图书馆上空下蛋
炸飞了我们的文明

敌机在博物馆上空下蛋
炸飞了我们的记忆

（这是死难者的手写出的诗）

43

他咬住真理不松口
时刻批判着他人的政治正确

忘我得连情感正确都做不到了
通体透明的人儿
血管是塑料吸管
里头流淌着——普洱茶

46

没关系的啦
你可以一如既往
把你的心捧给
你遇见的每一个人
不论男人还是女人
不论大人还是小人
只是当你
感觉要收的时候
收回来的速度
还可以再快一点
"唰"地一下
剑客自会明白
回鞘有时比拔剑
更具快感

47

他要到前方的超市去
电蚊香片是今天必买的东西
在经过一个没有警察的十字路口时
身陷于滚滚车流之中
一时不知所措
其实真正的问题是出在他的脑子里
一条不知从何而来的蜥蜴
跳进了这个诗人的大脑
激发出一段高度语言化的思维：
"语言诗人如同蜥蜴
玲珑有致无足轻重
可有可无倏忽不见
一块板砖拍下去
就变成一摊血迹"

49

我的老同学
在美国混得不错

他在硅谷有份

稳定的工作

很高的收入

暑期回国

探望父母

我发现他的脸上

还是不可避免地

有着一抹漂泊者

特有的颜色

心苦的颜色

营养看似很丰富

但缺祖国这种

维生素

59

汾河就像

太原头上的发带

更像这北方女孩

颈项上的丝巾

最像她白皙明朗
鹅蛋脸上的泪痕

初到之城仿佛故城
我的心中有大隐痛

伸出手为她拭泪
冰凌蜇了我的手

60

山西之行中
有平遥古城

平遥古城中
有县衙大院

县衙大院中
有男女囚牢

男女囚牢中
有各种刑具

各种刑具中
有一匹木马

木马马背上
有一串铁钉

锈迹斑斑
乍看似血

是扎进通奸女囚
阴道里去的铁钉

让她们骑此马儿
满城各处去游街

一匹丑恶的木马
毁掉我的山西行

63

眼眶之中蓄满毒液
波光粼粼

睫毛如蛇信子般吐出
翻卷上去

毒蛇般的女人
有一颗毒蛇的心
最像蛇的是眼睛
最不像的是体形

吃人不吐骨头的女人
仔细看她瞳孔
有一百具男人的骷髅
所组成的骷髅

65

在佛山
一个信仰
基督教的诗人
欲将佛山
重新命名
成基督山
但是很快

他便发现
佛山无山
这个名字
得自一块
唐朝出土的巨石
上面刻有两个字

68

你需要独自安静上一会儿
才能够真正开始新的一年

于是便有了孑然独行在
广州大道上的两小时

于是便有了悄然独坐在
珠江边上的半小时

有此独自安静的两个半小时
也就什么都有了

仿佛想起了所有的往事
但其实什么都没想

就像往年那样
你需要的不是总结而是开始

开始，开始
不停地开始
珠江里有艘看不见的军舰
是它容不下的航空母舰

那是你的 2009 号
正缓缓驶入大海

72

春节前夕
舅婆差人送来一包
她亲手打制的年糕

我一口咬下去

竟是满嘴的岁月
眼泪差点流出来

哦！母亲一去
我就再没有吃过
这香甜的味道了

这是外婆的
崇明岛的味道
这是童年的
上海滩的味道

是我肠胃的记忆中
江南标志性的味道

是那里轻骨头的骚客
写不出来的味道

属于南方逆子
胃里不变的酶

75

起初我一直呼其为"前辈"
后来就不再叫了

转折点出现在他第二遍控诉
"诗歌叫我不得好"的时刻

我眼中所见的事实是
诗给予他的好早已超过了他给予诗的好

我发现称呼的改变其实并未走脑子
是舌头自身的抉择

我的眼仿佛置身局外
冷冷地瞅着我的舌头

那活蹦在口腔之中湿润的舌头
有着蝌蚪的精灵和黄鳝的骨刺

77

元宵节
一个单身汉
该怎样度过这一天

下午他在露天球台上
跟同事挥拍打元宵
负多胜少

晚饭回家吃
煮了一锅乒乓球
独自吞下

夜里出来溜达溜达
替不敢放炮的小孩
把炮放了

偶尔抬头望望
烟花里的爱人
月亮上的亲人

86

西班牙有一支
比利亚雷亚尔队
我不会支持一支
连名字都叫不顺口的球队

因其队服的颜色
它获得了一大绰号:
"黄色潜水艇"
令我对它陡增了几分好感

出乎预料的是
我忽然变成了它的支持者
是因为忽然得知
它一直坐镇的主场——

名叫"情歌球场"

103

白种人的皮肤是白的

黑种人的皮肤是黑的
黄种人的皮肤是黄的

白种人的脑浆是白的
黑种人的脑浆是白的
黄种人的脑浆是白的

白种人的血液是红的
黑种人的血液是红的
黄种人的血液是红的

白种人的骨头是白的
黑种人的骨头是白的
黄种人的骨头是白的

白种人的骨灰是雪的
黑种人的骨灰是雪的
黄种人的骨灰是雪的

白种人的灵魂是鸟的
黑种人的灵魂是鸟的
黄种人的灵魂是鸟的

105

清明这天
在去首阳山
扫墓祭祖的路上
在颠簸的车中
父亲拿出一份
家谱列表
给我和儿子看
我先看
发现将我的大名写错了
有点生气
当即指出
儿子后看
心不在焉
随口对动物学家的爷爷说：
"这不过是动物的一个亚种"

111

一只鬣狗在活吃一匹斑马

与生性凶残无关
活吃源自它狩猎的习惯
从后股发动攻击
从腹部开始吃起
那匹可怜的斑马
要在肚子被掏空之后方才咽气
其状惨不忍睹
构不成一首诗
诗人选择缺席

这条鬣狗吃饱了
将斑马的残渣剩肉留给了
从天而降的苍鹰
这一条吃饱的雌鬣狗
抖擞着重新鼓胀起来的乳头
从猎场向着自家的领地狂奔
迎面撞上了同样吃饱的狮群
（吃的也是色香味俱全的斑马大餐）
狮子并不喜欢鬣狗肉的骚味
仅仅是出于对狩猎对手本能的排斥
便扑杀了这只雌鬣狗
一口咬断其脖颈

将其肚肠掏了出来但却不吃

其状惨不忍睹

构不成一首诗

诗人继续缺席

在数十公里以外鬣狗的领地中

一只小鬣狗正伏在一只雌鬣狗的身上吃奶

另一只小鬣狗正遥望着草原尽头

望眼欲穿地等待着母亲归来

即使再饿它也不敢去抢吃别的母亲的奶水

它知道那会令它当即丧命

只好眼巴巴等着母亲归来

而它的母亲将永不归来

除去饿死已经没有其他选择

其状楚楚可怜

可以构成一首诗

但不是伊沙的诗

伊沙的诗

如上所有

呈现全部的事实（方才成为真相）

他明知：这并不讨人类欢喜

178

我素来不喜欢
闹哄哄的香港电影
但是今晚
当有人在网上对我
以暴力相要挟之时
我竟然想起
一部港片中的两场戏
一个黑社会的小头目
用枪指着周润发的头
发哥台词如下:
"我最讨厌别人用枪
指着我的头!"
第二场戏还是那个小头目
还是用枪指着周润发的头
发哥台词如下:
"我已经警告过你
我最讨厌别人用枪
指着我的头!"
然后举起手枪
一枪毙命

188

城中的公园
是这城市的肺

下午的公园
好似空寂的墓园

公园里没有人
连个老人也没有

美丽的风景无人看
它们孤芳自赏

湖光看着山色
亭台望着楼阁

小桥看着流水
鲜花望着草坪

游乐场的木马
突然启动

不停地空转
绕着圈狂奔

恐怖铺天盖地
没吓着一个人

190

我喜欢在黄昏时散步
趁此经历天黑的过程
喜欢黑暗自汗毛孔中
一点点渗入身体的
清凉感觉
一个从内到外的黑人
行走于黑暗之中
有种难得的安全感
这是城市面孔上
一颗黑痣在走
又像是乱了妆的泪珠
在
流

210

我在书房写作、上网
父亲在客厅看电视
这是近期以来
家中最常见的景象

唯一的声音来自电视机
噢,还有我的老父亲
这辈子无改的乡音——重庆话
时而自言自语
时而与电视里的人物对话
就像此时此刻
他对着凤凰台那个留仁丹胡的
时事评论员唾骂道:
"胡说八道!你懂个屁!"

书房里的我
先是扑哧一笑
继而鼻子一酸
忽然站起身来
冲动似的

冲出书房
冲向客厅
网上跟帖般
对其附和道：
"他就是懂个屁！"

"我不是在跟你说话。"
父亲目不转睛地盯着电视
心不在焉地应付我

213

你说我总是充满着
斗争的激情
我不置可否
因为正在读一篇
中国诗人妄议索德格朗的文章
提到这位芬兰女诗人的结核病
文中写道："伟大的疾病
造就了伟大的诗人！"
够了！我可以回答你了

是的！我从来不缺少激情
我的一生就是要与这些
时刻包围着我们的
无处不在的貌似神圣的谎言
我们那管不住要说谎言的嘴
斗争

219

她是邻家的女孩
和我同岁
和我在同一所保育院里
床挨着床睡
她长得好看
就是红苹果的脸蛋
有块明显的白斑
大人说那是虫斑
说明她肚子里
有蛔虫寄生
幼儿园的王大夫
给她开了一种打虫药

名字很好听
叫作宝塔糖
她吃后不久便迎来了
下面这个时刻——
她能说会道
故事讲得好
午睡起床后
她给我讲鬼故事
讲得我头皮发麻
后背直起鸡皮疙瘩
老觉得窗上有鬼影
一晃而过
就在此刻
一条白色的蛔虫
从她开启的口中
爬了出来
像一截被吐出来的
完整的面条
掉落在地
蠕动不已
被我伸出脚去
两脚跺死

她吓得哇哇大哭

瑟瑟发抖

面无人色

像个纸人

从此以后

她见我就躲

越长大越羞涩

到了今天

我才恍然大悟

我们青梅竹马

后来却无故事

就是这事儿闹的

227

那年巴萨的战绩

跟现在没法比

老被皇马这艘

重金打造的银河战舰

撞翻

那年我为生计

老在报上写球
去电视台侃球
就是在电视台的一档节目中
一个又高又胖的主持人问我
"诗人,欣赏哪支球队?"
我脱口而出:"巴萨!"
他有点吃惊:"为什么?"
我扳着两根指头大言不惭:
"一、进攻;二、艺术。"

与真正的内行相比
对于球我懂个球
我振振有词
说的是诗

233

1983年的马拉多纳
健美、精干
带球生风
在伯纳乌

过掉后卫
过掉守门员
推送空门
赢得死敌球迷的
一片掌声
我的偶像
尚未吸毒
血液纯净
在我发表处子作的
那一年

234

上午
我们抵达某学院
下午讲座的主题是
"新诗百年漫谈"

主持招待午宴的
中文系主任吴教授
说他近期发表的论文是

《论诗歌语言的粗鄙化》

我忽然意识到
他们请错人了
再也不敢动一筷子
桌上的香酥鸡

251

机场吸烟室的
点烟器坏了
我好心
将我的烟头
送给一名
正在点烟的
乘客
他一惊
后撤一步
摇头拒绝
继续与
那个瘫痪的

点烟器
亲嘴

268

近年诗坛上
重复率很高的一个词组：
"安静的诗人"
我注意到：爱用它的人儿
都是些爱吵吵的诗人

273

北方的春天
是怎么来的

内陆腹地
大地之子

一节一节

啃出来的

就像
啃甘蔗那样

春耕的土地
布满齿痕

2009 | 2016

跋

馈赠

我在布考斯基译史小记中披露过:"磨铁读诗会"出了"伊五卷"之后,沈浩波来电话说要送我一个五十岁的生日礼物,我说你已经送过我了(指的是"伊五卷"),他说还有,让我猜,我一语猜中:"布考斯基的版权!"

既然磨铁已经出了"伊五卷",我自然以为它将要出的"中国桂冠诗丛"第三辑(1966—1969年出生的五位诗人)中不会再有我,所以沈浩波打电话来约稿时,我又一次感到意外并陷入了纠结:名额是很珍贵,但我似乎又不愿缺失"磨铁读诗会"的当代诗歌史架构,关键是沈浩波早就把话放出来了:这个诗系以选诗严苛为旗(前二辑便是明证),我确实也很想瞧瞧经过70后同行沈浩波、80后同行里所、90后同行胡超和李柳杨三代比我年轻的诗人的苛刻严选之后,我的诗还能剩下几首?在这个大诗系的横向比较中,又会如何?我的竞赛心与好胜心开始作怪……于是便慨然允诺。

现在选诗结果出来了，好大的一个文档，我没法说我不满意，尤其是《唐》（节选）、《无题》（节选）、《诗之堡》等长诗的入选，出乎我的意料，散文诗入选虽少，但却意义重大。书中2016年以后创作的诗，是我对我的老读者的一个交代：这不完全是旧书新版。

吾妻老G有名言道："帮助你的人永远在帮助你。"此话的原出处就是在感叹沈浩波如何待我。

这一年，用我诗中的话说：是全人类含我个人命运的"一线天"。

这一年，埋头苦干，写译至多，收获也丰。

这一年，不得不重新思考一些大问题：人、信仰、生命的价值、活着的意义、写作与人的关系、文明、时间……

这一年思考的结晶够这辈子反刍与回顾，准备下辈子还当诗人——并且只当这一个诗人——伊沙！盖因如此也就完全领悟了米沃什名诗《馈赠》中最难懂的一句："想到我是依然故我的人也并不令我难堪。"

这一年，似乎只为读懂这首诗，于是乎，

"在身体深处,我感觉没有痛苦。/ 当直起身来,我看见碧海白帆。"

伊沙

2020|10|10

辛亥革命纪念日于长安少陵塬

盘峰一代
——"中国桂冠诗丛"第三辑出版后记

磨铁读诗会"中国桂冠诗丛"前两辑，完全以诗人的出生年代为分辑依据，第一辑选择了五位出生于20世纪50年代的诗人：严力、王小龙、王小妮、欧阳昱、姚风；第二辑选择了五位出生于1960年到1965年的诗人：韩东、唐欣、杨黎、潘洗尘、阿吾。那么第三辑呢？当然该是出生于1966年到1969年的诗人。

不仅仅如此，我们还有另外一层考量。这一辑选入的四位诗人，还基于更强烈的历史意义和诗学意义——至少在这套"中国桂冠诗丛"中，他们可以被称为"盘峰一代"，并以此作为入选本辑的最重要依据。这四位诗人是：伊沙、侯马、徐江和宋晓贤。

在中国当代诗歌史上，"朦胧诗"和"第三代"的诗人是先驱者、启蒙者、发端者，普遍出生于20世纪40年代到1965年之间。1965年以后出生的伊沙、侯马、徐江和宋晓贤，没有赶上20世纪80年代风起云涌的"第三代"诗歌运动，他们1989年大学毕业，迎面赶上的是文化保守主义盛行的90年代。海子之死引发了"麦地抒情"，学院派用修辞学和知识分子写作的文化策略将"第三代"形成的先锋诗潮驱赶到边缘和地下。对于刚刚冲进来的年轻诗人们而言，在这样的环境中，如何还能保持活跃的、先锋的诗歌灵魂？如何将80年代形成的先锋美学向更大的可能、更开阔的空间和更深刻的方向推进？事实上，整个90年代，伊沙几乎是用孤军奋战的方式，在如同铁幕般的保守环境中，以尖锐的解构者形象，用一种全新的诗歌声音和他不分地上地下的疯狂投稿，硬生生撕开了一道先锋诗歌的新口子，并最终在1999年，等来了先锋诗歌力量在20世纪末"盘峰诗会"上的一次集结。他与"第三代"在90年代硕果仅存的领袖诗人于坚，以及自己的两位大学同学加诗歌战友徐江、侯马一起，在"盘峰诗会"的现场和会后数年，竖起了汉语先锋诗歌"民间立场"的旗帜。并在进入新世纪之后，与崛起于互联网、由70后诗人发起的"下半身诗歌运动"，以及更多出生于70、80年代的年轻诗人们汇聚，借助互联网打破一切发表壁垒的传播方式，构成"民间立场"先锋诗歌阵营。

侯马和徐江的诗歌写作，发轫于20世纪90年代，成熟于新世纪第一个十年，壮硕于新世纪第二个十年，在这三十年中，他们始终是中国当代诗歌先锋阵营的中流砥柱。宋晓贤则是在20世纪90年代晚期，突然以若干首经典名作惊艳亮相，被"民间立场"阵营中不同美学势力同时接受和推举，并于"盘峰诗会"后在徐江的鼓动下加入论争。

"盘峰论争"发生于世纪交接的门槛上，是当代诗歌史上继"朦胧诗"论争后最为重要的一场诗歌论战，其所包含的诗学意义影响深远。前承20世纪80年代的"第三代"诗歌运动，后接新世纪诗歌美学高度开放的互联网时代。而伊沙、徐江、侯马、宋晓贤，正是跨越世纪的一代诗人，求学于20世纪80年代，成名于90年代，丰富于新世纪，他们身上埋藏着中国当代诗歌的诸多密码。宋晓贤1984年考入北京师范大学中文系，伊沙、徐江、侯马1985年考入北京师范大学中文系，但四人同时于1989年毕业，他们身上烙刻着时代的印记。20世纪90年代，曾经在80年代中后期引领美学潮流的"第三代"口语诗歌一脉,被麦地抒情诗和学院派诗歌逼入民间。中国诗歌的先锋派们,在五花八门、层出不穷的民间诗歌报刊上艰难延展。其中,最有影响力的两份民刊是北京的《诗参考》和天津的《葵》,而伊沙、徐江、侯马、宋晓贤正是这两大民刊的最核心作者。2000年,中国诗歌进入互联网时代,宣布了民刊时代的终结,从这个意义来说,"盘峰一代"也正是最后的"民刊一代",继而,他们走向了新世纪,却始终保持了这种原初的、与先锋性相映照的"民间性"。什么是"民间"?就是"民刊"的那种民间,就是地下诗歌式的、反抗的、不屈的、不服从于任何美学体制的"民间"。

新世纪以来,伊沙的写作进入他生命力最旺盛的阶段,其人即其诗,其诗即其人,诗人合一,极大地推动了中国口语诗歌的发展,他始终是中国当代先锋诗歌中的现象级存在;侯马的写作,历经淬炼,在新世纪的第二个十年,经典迭出,树立了口语诗歌写作中经典化的写作范式。他和另一位口语诗人唐欣一起,为口语诗歌的经典化树立了美学榜样;徐江展现出越来越丰富多样的创作实绩,其诗歌中辽远的人文性和敏感的抒情性尤其显得独特而珍贵。他近乎蛮横地将当代诗歌分为"新诗"与"现代诗",直接形成了中国诗歌通往现代性之路上最本质的区分性定义;宋晓贤曾在广州参与创办南方口语诗歌流派"白诗歌",推进了南方诗歌的平民化,并在创作中不断力求写出追求心灵价值和真理的诗歌。

基于以上原因,磨铁读诗会"中国桂冠诗丛"第三辑,选择伊沙、侯马、徐江、宋晓贤四位诗人,以"盘峰一代"的身份,做一次富有历史意义的集结。

沈浩波

2021 | 01 | 22

图书在版编目（CIP）数据

白雪乌鸦/伊沙著.—成都：四川文艺出版社，2021.3
ISBN 978-7-5411-5908-4

Ⅰ.①白… Ⅱ.①伊… Ⅲ.①诗集–中国–当代 Ⅳ.①I227

中国版本图书馆CIP数据核字（2021）第023864号

BAIXUE WUYA

白雪乌鸦

伊沙 著

出 品 人	张庆宁
责任编辑	陈雪媛
特约监制	里 所
特约编辑	胡 超 修宏烨
封面设计	周伟伟
责任校对	汪 平

出版发行	四川文艺出版社（成都市槐树街2号）
网 址	www.scwys.com
电 话	028-86259287（发行部） 028-86259303（编辑部）
传 真	028-86259306
邮购地址	成都市槐树街2号四川文艺出版社邮购部 610031
印 刷	河北鹏润印刷有限公司
成品尺寸	126mm×198mm 开 本 32开
印 张	7.75 字 数 190千
版 次	2021年3月第一版 印 次 2021年3月第一次印刷
书 号	ISBN 978-7-5411-5908-4
定 价	46.00元

版权所有·侵权必究。如有质量问题，请与本公司图书销售中心联系调换。010-82069336

中国桂冠诗丛 | 第一辑

王小龙 著 《每一首都是情歌》
严 力 著 《悲哀也该成人了》
王小妮 著 《扑朔如雪的翅膀》
欧阳昱 著 《永居异乡》
姚 风 著 《大海上的柠檬》

中国桂冠诗丛 | 第二辑

韩 东 著 《我因此爱你》
唐 欣 著 《母亲和雪》
潘洗尘 著 《燃烧的肝胆》
杨 黎 著 《找王菊花》
阿 吾 著 《相声专场》

中国桂冠诗丛 | 第三辑

伊 沙 著 《白雪乌鸦》
侯 马 著 《夜行列车》
徐 江 著 《黄昏前说起天才》
宋晓贤 著 《月光症》

磨 铁 读 诗 会